Analyse de l'œuvre

Par Natacha Cerf et Marc Sigala

Essais

de Michel de Montaigne

lePetitLittéraire.fr

Rendez-vous sur lepetitlitteraire.fr et découvrez :

Plus de 1200 analyses
Claires et synthétiques
Téléchargeables en 30 secondes
À imprimer chez soi

MICHEL DE MONTAIGNE

ÉCRIVAIN ET PHILOSOPHE FRANÇAIS

- **Né en 1533 au château de Montaigne (Dordogne)**
- **Décédé en 1592 au même endroit**
- **Son œuvre :**
  - *Essais* (1590-1595)

Michel Eyquem de Montaigne est un humaniste dont la recherche essentielle est celle de la sagesse par-delà les jugements moraux, politiques et religieux. Il s'implique dans la vie politique de son pays, notamment en tant que conseiller à la cour des aides de Périgueux et surtout comme maire de Bordeaux. Mais il aspire essentiellement à la lecture et à l'écriture. Ainsi, il se lance dans la rédaction des *Essais*, un ouvrage devenu un monument de la littérature française qui consiste en la compilation de ses expériences, pensées et considérations sur l'homme et le monde en général.

ESSAIS

LES *ESSAIS*, L'ŒUVRE DE TOUTE UNE VIE

- **Genre** : essai
- **Édition de référence** : *Essais*, Paris, Pocket, coll. « Classiques », 1998, 544 p.
- **1re édition** : 1580
- **Thématiques** : introspection, condition humaine, sagesse, amitié, éducation

Les *Essais*, dont la première édition date de 1580, est l'œuvre principale de Montaigne. Il en entame la rédaction en 1570. Derrière la multitude de sujets qu'abordent les *Essais* se cache en réalité une exploration systématique de l'intériorité, une quête de la connaissance véridique de soi et une interrogation sur la connaissance en général. Comment se connaitre soi-même et, d'ailleurs, que peut-on espérer connaitre, sont les grandes questions qui guide Montaigne dans ses *Essais*. La posture sceptique qu'il adopte dans ses *Essais* est l'aveu de la difficulté de sa tâche.

Montaigne cherche à se découvrir dans sa complexité d'individu singulier et, ce faisant, soulève en réalité la condition humaine en général. C'est ce jeu entre le singulier et l'universel qui anime l'écriture des *Essais*. En effet, arriver jusqu'à soi suppose de parcourir l'ensemble des traits, des habitudes et des affects qui composent l'individu, mais qu'il a en partage avec l'humanité tout entière.

RÉSUMÉ

LIVRE I

Chapitre I – Par divers moyens on arrive à pareille fin

Les comportements et réactions des hommes varient tant qu'il est difficile de savoir comment attendrir celui qu'on a offensé.

Chapitre II – De la tristesse

La tristesse se manifeste de différentes manières. En tant qu'émotion vive, elle submerge l'âme et la met en déroute.

Chapitre III – Nos affections s'emportent au-delà de nous

L'homme devrait suivre les conseils de Socrate (philosophe grec, 470-399 av. J.-C.) et chercher à se connaitre dans le présent. Au lieu de cela, il se projette toujours au-delà par peur, désir ou espoir.

Chapitre IV – Comment l'âme décharge ses passions sur des objets faux, quand les vrais lui défaillent

L'homme éprouve le besoin d'exprimer ses émotions même quand il ne peut s'en prendre à la cause de ladite émotion. Il prend n'importe quel prétexte et auditeur pour se soulager émotionnellement.

Chapitre V – Si le chef d'une place assiégée
doit sortir pour parlementer

Une victoire digne ne se remporte que par le courage et la loyauté. Montaigne s'interroge : le chef d'une place forte menacée par les assaillants doit-il sortir pour négocier, comme le propose l'ennemi, au risque qu'il s'agisse peut-être là d'une ruse pour lui faire quitter la place ? Montaigne ferait confiance à l'ennemi.

Chapitre VI – L'heure des parlements dangereuse

Comment faire confiance à l'ennemi lors des négociations ? Il faut en tout cas rester loyal en toutes circonstances et ne pas tuer l'ennemi alors qu'il s'avance pour signer la paix.

Chapitre VII – Que l'intention juge nos actions

Il ne faut pas juger les actes, dont l'homme n'est pas toujours maitre, car ils dépendent aussi des circonstances extérieures, mais considérer l'intention.

Chapitre VIII – De l'oisiveté

Quand on abandonne ses fonctions publiques au profit de l'étude, il faut s'en remettre à la discipline de l'écriture sinon l'esprit s'éparpille exagérément.

Chapitre IX – Des menteurs

Les menteurs ont bonne mémoire, car, pour ne pas se trahir, ils doivent se souvenir de tous leurs mensonges. Montaigne a mauvaise mémoire. Le mensonge est une perversion de la communication entre les hommes.

Chapitre X – Du parler prompt ou tardif

Vaut-il mieux prendre la parole de manière préméditée comme les prédicateurs ou de manière spontanée comme les orateurs ? Être spontané peut être bénéfique.

Chapitre XI – Des pronostications

Il est bizarre et dommage que les hommes soient plus attachés aux prophéties qu'à vivre le présent.

Chapitre XII – De la constance

Être constant, c'est supporter les maux qu'on ne peut pas éviter.

Chapitre XIII – Cérémonie de l'entrevue des rois

Chaque pays et chaque ville a ses cérémonials particuliers. Montaigne recommande de bien se conduire envers autrui en respectant ses règles de politesse, car c'est une manière de bien le disposer. Mais un excès de civilité peut faire basculer dans l'impolitesse.

Chapitre XIV – Que le gout des biens et des maux dépend en bonne partie de l'opinion que nous en avons

Il n'existe pas de définition absolue du mal : il varie selon les hommes. Certains le voient dans la pauvreté, d'autres dans la souffrance. Quant au bonheur, seuls ceux qui sont persuadés d'être heureux le sont.

Chapitre XV – On est puni pour s'opiniâtrer
à une place sans raison

Il ne faut pas s'obstiner à défendre une place forte contre
des ennemis en trop grand nombre. La vertu du courage
deviendrait alors vice.

Chapitre XVI – De la punition de la couardise

Les lâches sont déjà punis par la honte. C'est pourquoi il y
a davantage d'indulgence pour eux que pour les hommes
méchants.

Chapitre XVII – Un trait de quelques ambassadeurs

Les ambassadeurs ne se contentent pas de rapporter ce
qu'ils ont vu ou entendu, mais en rajoutent toujours pour
se valoriser.

Chapitre XVIII – De la peur

Il existe deux manières de réagir à la peur : être paralysé ou
réaliser des actes insensés.

Chapitre XIX – Qu'il ne faut juger de notre heure
qu'après la mort

La mort est un moment de vérité : ce n'est qu'au dernier jour
de sa vie que l'homme peut savoir s'il a été heureux ou non,
tant les choses humaines sont inconstantes et diverses. De
même, ce n'est qu'au moment de la fin qu'on peut juger
autrui, car c'est à la dernière seconde que les apparences
tombent et que la vérité éclate.

Chapitre XX – Que philosopher, c'est apprendre à mourir

La vie ne se mesure pas à sa durée mais à l'usage qu'on en fait : il est préférable de philosopher plutôt que de rechercher les plaisirs.

Chapitre XXI – De la force de l'imagination

La croyance aux miracles et aux visions vient de l'imagination. Cette dernière a même le pouvoir de guérir le corps via des remèdes en lesquels on croit.

Chapitre XXII – Le profit de l'un est dommage de l'autre

Cette vérité n'est pas à blâmer. On le constate dans la loi du gain où le médecin s'enrichit des maux de ses patients.

Chapitre XXIII – De la coutume et de ne changer aisément une loi reçue

Montaigne trouve déplorable que nos habitudes soient parfois si profondément ancrées en nous qu'elles contrecarrent notre nature première et notre spontanéité. La force de la coutume s'observe dans la diversité des mœurs et des usages à travers le monde : ils font figure de lois.

Chapitre XXIV – Divers évènements de même conseil

Le philosophe observe que la même intention produit des actes différents.

Si les conséquences d'une intention identique varient tant, c'est à cause du hasard qui dirige les évènements.

Chapitre XXV – Du pédantisme

Le pédant éprouve tant d'admiration pour les savants qu'il ne pense pas par lui-même et s'en remet entièrement à eux. Or être sage signifie avoir un esprit critique et moral.

Chapitre XXVI – De l'institution des enfants

Pour acquérir le sens moral et critique, il est préférable que l'enfant soit éduqué par une tête bien faite plutôt que par une tête bien pleine. L'enfant doit apprendre à observer, à écouter et à relativiser les jugements et les valeurs. L'essentiel est de lui donner envie d'apprendre.

Chapitre XXVII – C'est folie de rapporter le vrai et le faux à notre suffisance

La crédulité est ignorance, mais l'incrédulité est arrogance : notre faculté de juger n'est pas la référence du vrai et du faux, seul Dieu l'est.

Chapitre XXVIII – De l'amitié

Montaigne parle de sa rencontre avec La Boétie (écrivain français, 1530-1563). Contrairement aux relations familiales ou amoureuses, la relation amicale constitue une communication parfaite entre deux personnes qui se sont librement choisies. Les deux amis avaient une connaissance irréprochable l'un de l'autre et quand Étienne de La Boétie est décédé, une partie de Montaigne s'en est allée avec lui.

Chapitre XXIX – Vingt-neuf sonnets
d'Étienne de La Boétie

Ce chapitre n'existe plus. Montaigne y avait initialement placé l'entièreté des *Vingt-Neufs Sonnets* de son ami La Boétie.

Chapitre XXX – De la modération

Elle est essentielle. Il faut prendre garde : une vertu trop pratiquée devient vice.

Chapitre XXXI – Des cannibales

Le philosophe exprime la relativité des jugements de valeur : nous sommes choqués par le cannibalisme des Brésiliens, mais eux le seraient par l'inégalité de condition entre les hommes en Europe. Il ne faut pas rejeter si facilement et si catégoriquement ce qui ne correspond pas à nos propres mœurs.

Chapitre XXXII – Qu'il faut sobrement se mêler
de juger des ordonnances divines

Personne ne peut prédire les desseins de Dieu, si ce n'est les imposteurs qui abusent de la crédulité et de l'ignorance du peuple.

Chapitre XXXIII – De fuir les voluptés au prix
de la vie

Saint-Hilaire (315-367), évêque de Poitiers, a désiré la mort pour sa fille alors qu'elle était bien élevée, belle et riche ; en somme, promise à un avenir heureux.

Il souhaitait lui faire perdre le gout des plaisirs mondains pour l'unir entièrement à Dieu.

Chapitre XXXIV – La fortune se rencontre souvent au train de la raison

Le hasard agit parfois mieux que la raison.

Chapitre XXXV – D'un défaut de nos polices

Un défaut de notre société est qu'il n'existe pas d'endroit où les gens pourraient faire enregistrer leur demande à un employé. Par exemple : je veux vendre ceci, j'ai besoin d'un menuisier, je voudrais une personne pour m'accompagner à Rome, etc. Chacun pourrait alors faire part de son besoin et le voir comblé.

Chapitre XXXVI – De l'usage de se vêtir

Les vêtements sont une des preuves de la puissance de la coutume puisqu'ils existent sans que la nature l'exige et parfois même sans protéger du froid ou de l'indécence.

Chapitre XXXVII – Du jeune Caton

Montaigne veut rendre honneur à Caton (homme d'État et écrivain romain, 234-149 av. J.-C.), qu'il considère comme injustement dénigré. Il dépeint la tendance des hommes à émettre des jugements hâtifs, à refuser la différence, à se montrer intolérant et à se comparer les uns aux autres. Le philosophe, au contraire, est capable de respecter et de louer hors de lui-même.

Chapitre XXXVIII – Comme nous pleurons et rions d'une même chose

Un vainqueur peut se réjouir pour lui-même et pleurer pour celui qu'il a vaincu, de même qu'un vengé peut se réjouir de l'être et se montrer triste d'avoir causé le mal par sa vengeance.

Chapitre XXXIX – De la solitude

La vraie liberté est dans la solitude, et il faut être capable de l'affronter. Se contenter de soi-même est positif.

Chapitre XL – Considération sur Cicéron

La vanité de Cicéron (106-43 av. J.-C.), cet orateur romain trop éloquent, est déplorable. Il s'attelait davantage à faire connaitre ses discours qu'à briller par des actes.

Chapitre XLI – De ne communiquer sa gloire

Les glorieux aiment communiquer « leur » gloire, conquise souvent pour eux par des gens de l'ombre.

Chapitre XLII – De l'inégalité qui est entre nous

Seule la sagesse permet de distinguer, par la qualité, les hommes entre eux. Un roi n'est ni plus sage, ni plus heureux, ni plus privilégié qu'un homme ordinaire. Les attributs des grands sont souvent imaginaires.

Chapitre XLIII – Des lois somptuaires

Les ordonnances royales contre le luxe en vigueur du XIIIe au XVIe siècle réglant le port des vêtements en fonction du rang social ne servent qu'à faire envier les privilégiés alors qu'il faudrait plutôt les mépriser de n'être capables de se distinguer que par le luxe.

Chapitre XLIV – Du dormir

Le sommeil est important et n'est pas contraire au courage.

Chapitre XLV – De la bataille de Dreux

Montaigne pense que sacrifier une partie de ses troupes pour l'emporter finalement peut être une bonne tactique militaire.

Chapitre XLVI – Des noms

Les hommes ont tort d'accorder tant d'importance aux noms propres, car leur identité n'en découle pas.

Chapitre XLVII – De l'incertitude de notre jugement

Une décision peut avoir des conséquences différentes du dessein originel. Par exemple, armer somptueusement ses soldats dans le but de stimuler leur courage peut, à l'inverse, avoir pour effet de les distraire du combat, trop occupés qu'ils sont à s'admirer eux-mêmes. Ainsi, les décisions prises et leurs issues, tout comme les évènements, dépendent surtout du hasard.

Chapitre XLVIII – Des destriers

Il s'agit d'un chapitre sur l'importance des chevaux dans l'histoire.

Chapitre XLIX – Des coutumes anciennes

Les peuples se jugent entre eux sur leurs mœurs alors qu'elles sont toutes relatives, comme le prouvent les changements de modes et de gouts en toute matière.

Chapitre L – De Démocrite et Héraclite

La condition humaine affectait le philosophe grec Héraclite (vers 550-480 av. J.-C.), alors que le philosophe Démocrite (vers 460-370 av. J.-C.) n'en avait cure et la jugeait méritée. Pour Montaigne, toutes les pistes de réflexion sont bonnes à exploiter.

Chapitre LI – De la vanité des paroles

Montaigne accuse la rhétorique d'être un art de parler avec emphase sans que cela ne se traduise en actes.

Chapitre LII – De la parcimonie des Anciens

De grands hommes comme Caton (homme d'État romain, 234-149 av. J.-C.) et Scipion Émilien (184-129 av. J.-C.) qui a détruit Carthage, ont vécu dans une frugalité extrême.

Chapitre LIII – D'un mot de César

L'empereur romain Jules César (100-44 av. J.-C.) s'étonnait tout comme Montaigne que l'esprit humain se consacre à découvrir ce qui lui échappe plutôt qu'à comprendre les choses simples.

Chapitre LIV – Des vaines subtilités

Il est préférable de poser des actes efficaces plutôt que de chercher la complication, la rareté ou d'exercer l'art de la rhétorique.

Chapitre LV – Des senteurs

Les odeurs ont un impact sur notre humeur, ce qui devrait intéresser la médecine ou la religion.

Chapitre LVI – Des prières

La prière établit une relation entre l'homme et Dieu, et plutôt que de s'en servir comme d'une formule magique, l'homme devrait l'utiliser comme moyen d'exprimer à Dieu sa douleur sincère de l'avoir offensé par ses péchés.

Chapitre LVII – De l'âge

Au lieu de discourir sur l'âge de la vieillesse, il faut plutôt laisser les jeunes gens agir librement, car les grandes actions se font généralement avant 30 ans.

LIVRE II

Chapitre I – De l'inconstance de nos actions

Il est difficile de juger les hommes car ils agissent toujours avec inconstance : leurs actes diffèrent selon le temps et les circonstances.

Chapitre II – De l'ivrognerie

L'ivrognerie anéantit le corps et l'esprit.

Chapitre III – Coutume de l'ile de Céa

Montaigne débat sur le suicide. Est-il compréhensible ou Dieu seul peut décider du moment de la mort ? Le philosophe le pense courageux et justifié dans certaines circonstances.

Chapitre IV – À demain les affaires

Il ne faut pas se sentir esclave de ses affaires, mais pouvoir les différer pour se sentir libre.

Chapitre V – De la conscience

Le chapitre interroge la torture. La bonne conscience morale de l'innocent est censée le rendre résistant à la torture, mais en réalité elle le fait avouer n'importe quoi, alors que le coupable sait que s'il résiste à la douleur de la torture, il se sauve d'une mort certaine.

Chapitre VI – De l'exercitation

Comment s'exercer à la mort ? Le sommeil et l'évanouissement en sont des expériences proches. Mais pour apprendre à vivre et à mourir, il faut surtout apprendre à se connaitre, et cela passe par l'écriture.

Chapitre VII – Des récompenses d'honneur

Pour qu'elles demeurent honorantes, les récompenses doivent être distribuées avec parcimonie selon le mérite véritable.

Chapitre VIII – De l'affection des pères aux enfants

La valeur de nos enfants, leur intelligence et leur moralité sont moins les nôtres que les leurs ; c'est pourquoi il y a davantage de raisons d'aimer les productions de notre propre esprit, comme les poésies, que nos enfants.

Chapitre IX – Des armes des Parthes

Ce peuple antique d'origine iranienne se fiait plus au courage qu'aux armes au moment de combattre. Aujourd'hui, il ne reste aux hommes même pas assez de courage pour prendre les armes.

Chapitre X – Des livres

Montaigne lit par plaisir et pour mieux se connaitre. Il décrit ses genres et auteurs préférés tels que Lucrèce (98-55 av. J.-C.), Catulle (87-54 av. J.-C.), Virgile (70-19 av. J.-C.) et Horace (65-8 av. J.-C.) pour la poésie.

Chapitre XI – De la cruauté

La moralité est pour Montaigne une vertu innée, une sensibilité qui lui fait haïr spontanément la torture et la chasse, des actes hautement cruels.

Chapitre XII – Apologie de Raymond Sebond

Raymond Sebond, un théologien espagnol (mort en 1436), voulait démontrer, par la raison, la vérité de la religion. Montaigne le contredit, car la raison humaine est insuffisante selon lui : toutes les écoles du monde ne sont pas parvenues à découvrir la vérité, qui ne se dévoile que par l'aide du hasard ou de Dieu. La raison humaine est faible et doit être compensée par la grâce de la foi.

Chapitre XIII – De juger de la mort d'autrui

Comment évaluer le courage du mourant alors qu'il n'a pas conscience de mourir car son âme est aussi affaiblie que son corps ?

Chapitre XIV – Comme notre esprit s'empêche soi-même

L'homme qui hésite entre deux possibilités équivalentes doit pourtant prendre une décision. Repose-t-elle sur de l'irrationnel ?

Chapitre XV – Que notre désir s'accroit par la malaisance

La difficulté augmente le désir. Il en va de même pour la vie : son prix lui vient de la perspective de la mort.

Chapitre XVI – De la gloire

Avoir vécu sereinement est le seul honneur qui existe. Les autres ne dépendent que du hasard ou de l'approbation d'ignorants qui ne voient que l'apparence.

Chapitre XVII – De la présomption

Un présomptueux se préfère aux autres. Montaigne a plutôt tendance à surestimer autrui. Pourtant il se prend lui-même pour un sujet d'étude, mais il se déprécie plus qu'autre chose : il n'aime pas son physique, se trouve divers défauts, s'incline devant les Anciens, etc. Il n'attend aucune gloire de son livre.

Chapitre XVIII – Du démentir

Montaigne ne cherche pas la postérité ; il a écrit son livre pour lui-même (afin de se corriger par l'écriture) et pour ses proches.

Chapitre XIX – De la liberté de conscience

Le chapitre débat sur la liberté de conscience religieuse réclamée sans cesse au XVIe siècle par les protestants. Montaigne pense qu'elle attise les dissensions civiles, répand et accroit la discorde. De plus, accorder la liberté de conscience affaiblit la religion en question, car la difficulté ravive la foi quand la facilité l'émousse.

Chapitre XX – Nous ne goutons rien de pur

La souffrance est toujours mêlée au plaisir et, dans les lois, la justice à l'injustice. Le composite est dans l'homme et partout ailleurs.

Chapitre XXI – Contre la fainéantise

La fainéantise est incompatible avec les devoirs des empereurs et de tous les hommes.

Chapitre XXII – Des postes

Montaigne retrace l'histoire des moyens utilisés par les princes de l'Antiquité pour faire acheminer leur courrier.

Chapitre XXIII - Des mauvais moyens employés à bonne fin

Parce que l'homme est faible, il doit utiliser des mauvais moyens pour arriver à de bonnes fins. C'est le cas lorsque les maux de la guerre détournent les citoyens de l'oisiveté et des complots.

Chapitre XXIV - De la grandeur romaine

Les contemporains de Montaigne auraient dû suivre la coutume des Romains qui consistait à laisser les royaumes aux rois vaincus.

Chapitre XXV - De ne contrefaire le malade

À force de faire semblant d'être malade pour échapper à l'une ou l'autre tâche, on le devient vraiment.

Chapitre XXVI - Des pouces

Beaucoup de coutumes démontrent l'importance des pouces. Une parmi tant d'autres est celle du public romain levant ou baissant le pouce pour décider du sort des combattants dans l'arène.

Chapitre XXVII - Couardise mère de la cruauté

La lâcheté va de pair avec la soif de sang. Montaigne condamne les duels en vigueur à son époque dont le prétexte n'est souvent que peccadille. Le duel met en danger les duellistes, mais également leurs témoins. Ces combats ne se font pas au nom du bien public, mais au nom de son propre intérêt.

Le sang versé risque d'engendrer une hémorragie de vengeances. Les tyrans et les juges sont aussi souvent lâches ; c'est pourquoi ils font durer la mort et torturent.

Chapitre XXVIII – Toutes choses ont leur saison

Il y a un temps pour chaque chose et donc pour chaque âge : à la jeunesse l'apprentissage, et à la vieillesse l'acte de se défaire de ce qu'on possède.

Chapitre XXXIX – De la vertu

Il faut juger un homme dans la durée car la vertu peut être due au hasard ou à un élan exceptionnel de l'âme.

Chapitre XXX – D'un enfant monstrueux

Le malformé est dit monstrueux, mais la décision divine qui en est responsable échappe à l'homme.

Chapitre XXXI – De la colère

La colère engendre des châtiments injustes car elle transporte l'âme de l'homme hors de lui-même et guide sa main.

Chapitre XXXII – Défense de Sénèque et de Plutarque

Montaigne défend entre autres les récits de Plutarque, penseur et historien de la Rome antique (vers 50-vers 125), jugés invraisemblables par ses pairs.

Chapitre XXXIII – L'histoire de Spurina

Spurina s'est défiguré par crainte de succomber aux désirs suscités chez autrui par sa beauté.

Il a fait preuve d'un excès de vertu, or la modération est une vertu plus haute que l'excès.

Chapitre XXXIV – Observations sur les moyens de faire la guerre de Jules César

L'empereur romain est un exemple : il n'exigeait de ses soldats que la vaillance et ne punissait que la désobéissance.

Chapitre XXXV – De trois bonnes femmes

Le philosophe donne trois exemples de femmes d'exception qui, au lieu de pleurer leurs maris, les ont accompagnés dans la mort.

Chapitre XXXVI – Des plus excellents hommes

Homère (VIII\ :e siècle av. J.-C.), auteur de l'*Iliade* et de l'*Odyssée*, est le premier poète. Alexandre le Grand (356-323 av. J.-C.), roi de Macédoine, est devenu le maitre du monde en peu de temps de vie. Épaminondas (418-362 av. J.-C.), général et homme d'État béotien, était de mœurs exemplaires. Voilà trois hommes d'exception.

Chapitre XXXVII – De la ressemblance des enfants aux pères

Montaigne a hérité de la maladie de son père : la maladie de la pierre.

Il parle donc des médecins qui se contredisent entre eux et conseille de s'en remettre plutôt aux mains de la nature.

LIVRE III

Chapitre I – De l'utile et de l'honnête

Montaigne préfère ne pas honorer de fonction publique, car ce type d'affaires, pour être politiquement efficace, exige la trahison, le mensonge et le massacre.

Chapitre II – Du repentir

Nul ne se connait aussi bien que soi-même. Par conséquent, la conscience de chacun est seule apte à reconnaitre ses fautes. Seulement, le repentir ne peut s'appliquer à des vices trop ancrés en nous pour que nous puissions les identifier comme tels.

Chapitre III – De trois commerces

Le penseur aime être en relation avec les hommes honnêtes et vertueux, ainsi qu'avec les jolies femmes au sein d'une relation amoureuse loyale, et enfin avec les livres. De ces trois types de relation, seul le dernier ne dépend pas d'autrui ou du hasard. Les livres sont un refuge et un remède aux souffrances de l'existence.

Chapitre IV – De la diversion

Est-il préférable de consoler un cœur affligé en le plaignant ou en le détournant de sa tristesse ? Montaigne trouve l'esprit humain, de nature instable, facile à divertir. La seconde méthode est donc efficace.

Chapitre V – Sur des vers de Virgile

Montaigne fait appel à ses souvenirs amoureux pour se divertir de la tristesse causée par la vieillesse qui l'envahit. Il pense que le mariage n'est souvent pas un choix, mais un acte d'obéissance aux coutumes, et parle de la sexualité qui, bien qu'elle soit naturelle, est évitée dans les conversations des hommes. Le penseur rejette la jalousie dans les relations amoureuses. Enfin, il est bon, selon lui, de faire preuve de patience en amour : les femmes ont raison de se laisser courtiser longtemps. Le poète antique Virgile est réquisitionné par le philosophe pour appuyer son idée selon laquelle le style poétique allusif qui éveille l'imagination convient vraiment à l'amour.

Chapitre VI – Des coches

Montaigne évoque ici les moyens de transport. Certains empereurs romains se déplaçaient dans des attelages somptueux : tant de luxe, quand il n'est pas déployé en vue de l'embellissement du royaume ou de sa défense, offense le peuple. La richesse d'un pays n'appartient pas à son chef d'État ; il doit simplement l'administrer pour le bien du peuple. On trouve sur le continent américain des rois qui, en plus d'être courageux, sont des modèles de dévouement à leurs sujets. Il y a donc à déplorer la colonisation qui non seulement a exterminé les populations indigènes, mais a aussi nié la civilisation indienne alors qu'on y trouvait moins de cruauté qu'en Europe.

Chapitre VII – De l'incommodité de la grandeur

Il est décidément préférable de mener une vie sans éclat plutôt que d'être roi : comment un roi pourrait-il faire preuve de modération alors que son pouvoir est absolu ? De plus, il a souvent à subir l'hypocrisie de ses sujets.

Chapitre VIII – De l'art de conférer

La conversation entre deux interlocuteurs égaux, lorsqu'elle a lieu dans une écoute mutuelle, est stimulante pour l'esprit. Mais il faut avoir un adversaire à sa mesure et chercher à atteindre la vérité, non à avoir raison. Les princes ne peuvent donc pas la pratiquer puisqu'ils n'ont pas d'égaux et ne peuvent se dévoiler faibles ou ignorants en certains sujets. Montaigne apprécie également de converser au travers d'une lecture, en cherchant à découvrir l'homme derrière l'auteur.

Chapitre IX – De la vanité

Les hommes aiment voyager pour échapper à leur quotidien. Ainsi, en voyageant, l'auteur, loin des affaires publiques et privées, peut ne penser qu'à lui-même. C'est un vrai plaisir de découvrir sans cesse des choses nouvelles et de plonger dans l'inconnu des usages qu'il faut tenter de comprendre. Enfin, quitter sa femme quelque temps n'est pas un mal car l'absence ravive l'amour.

Chapitre X – De ménager sa volonté

Montaigne pense qu'il faut préférer soi-même aux devoirs envers autrui ; c'est pourquoi il a privilégié la méditation à l'engagement politique et social. Il a assumé sa charge en tant que maire de Bordeaux, mais pas au détriment de sa vie privée. Les affaires publiques ne doivent occuper l'homme qu'avec modération puisque, de toute façon, le seul tribunal qui compte est celui de sa propre conscience et non le jugement des autres. Il faut donc « se prêter aux autres et se donner à soi-même ».

Chapitre XI – Des boiteux

On prêtait aux boiteuses des compétences sexuelles hors du commun. Or ce n'est réel que dans l'imagination, et celle-ci influence les sens. Il faut donc résister aux opinions toutes faites et éviter de juger, car Dieu seul est apte au jugement. Dans le même ordre d'idées, Montaigne s'oppose à la condamnation à mort des sorcières, victimes de préjugés infondés.

Chapitre XII – De la physionomie

Plutôt que de réfléchir par eux-mêmes, les hommes suivent l'opinion commune et la rumeur. Ils sont, de plus, enclins à préférer l'artifice et la possession d'autre chose que ce qu'ils ont, alors qu'ils devraient suivre la nature, qui apaise. Les paysans qui vivent en accord avec elle ont plus de courage que les hommes instruits par la science : ils affrontent la peste et la mort de manière sereine. En effet, la nature aide à se préparer à la mort en rappelant qu'il ne sert à rien d'y penser sans cesse puisqu'elle est dans l'ordre des choses. Il est préférable de vivre selon les lois de la nature plutôt que d'aspirer à la perfection.

La physionomie ne va pas toujours de pair avec l'être intérieur, en témoigne la laideur du philosophe grec Socrate.

Chapitre XIII – De l'expérience

Se laisser guider par l'expérience est la meilleure façon
de découvrir la vérité. Il en va de même dans l'exercice de
l'introspection : il faut s'observer au jour le jour pour se
connaitre. Montaigne recommande encore de suivre la
nature qui nous dicte mieux que les médecins ce qui est
bénéfique et épanouissant pour nous-mêmes. Il termine
son œuvre par un hymne à la vie, à la maitrise de soi et à la
modération qui sont les vertus du vrai sage.

ÉCLAIRAGES

L'HUMANISME

Montaigne s'inscrit dans l'humanisme de la Renaissance. Il s'agit d'un mouvement intellectuel né dans l'Italie du XIVe siècle, qui a gagné le reste de l'Europe aux XVe et XVIe siècles. Il s'est propagé grâce aux progrès de l'imprimerie et à l'exode de nombreux savants grecs réfugiés en Italie à la suite de la conquête de la ville de Constantinople par les Turcs.

La présence de ces savants grecs en Italie suscite l'envie des humanistes de se procurer les textes anciens originaux et non leurs traductions latines annotées de toute une série de gloses et de commentaires, afin de pouvoir comprendre et interpréter par eux-mêmes le message des Anciens. Ce retour aux sources antiques et cette mise en avant de l'esprit critique sont deux des plus grandes caractéristiques de l'humanisme. Les lettrés de l'époque veulent également, dans le même esprit, lire la Bible par eux-mêmes et sans aucun intermédiaire.

À cette entreprise est associée l'idée que les études littéraires rendent plus digne d'être un homme. Il s'agit donc de se perfectionner en tant qu'être humain et en même temps de s'émerveiller de la grandeur de certains d'entre eux, notamment des auteurs antiques et des figures telles que Socrate. Le monde ancien est gorgé d'exemples d'héroïsme alors qu'à l'époque de Montaigne, ils sont moins nombreux.

La liberté, la justice et la prospérité de la République romaine attirent beaucoup le philosophe.

Les humanistes, voulant se rapprocher le plus possible de leurs modèles, accordent une grande importance à l'éducation, qui peut rendre l'homme meilleur : on ne nait pas homme, on le devient. Cela passe par un grand appétit de connaissances alimenté par le cosmopolitisme. Ainsi, l'éducation passe par la fréquentation du monde.

COMPOSITION, STRUCTURE ET FORME DES *ESSAIS*

Les *Essais* sont répartis en trois livres. Dans cette œuvre, Montaigne a pour dessein de mieux se connaitre en exerçant son jugement sur plusieurs sujets. L'enchainement sans structure de ces sujets très variés fait que l'œuvre n'a rien d'une synthèse ordonnée.

Les livres I et II ont été publiés simultanément en 1580. Le premier comprend des réflexions philosophiques autour de la mort, de l'amitié, de l'éducation et de la solitude, ainsi que quelques observations historiques et militaires ; le deuxième est davantage centré sur l'auteur : il y parle de ses gouts littéraires, de son objectif de se peindre et de son point de vue sur des thèmes comme le suicide, la relation entre parents et enfants, la cruauté ou encore la maladie.

Le livre III parait en 1588 et se centre sur des réflexions politiques et philosophiques : la conscience individuelle et l'expérience quotidienne donnent accès à la vérité.

Montaigne y expose sa philosophie qui est de suivre la nature.

Les principaux thèmes des *Essais* sont les suivants :

- l'exercice de son esprit critique ;
- la condamnation de tout type de violence (chasse, guerre, torture, etc.) ;
- l'éducation et les voyages, dont le but est non pas d'accumuler les connaissances, mais de former le jugement ;
- l'ouverture à l'autre. Montaigne s'intéresse à chacun, aux tribus lointaines tout comme à ses proches (amour, amitié, conversation) ;
- le corps et la maladie. Malade lui-même, Montaigne connait la souffrance et les liens d'influence entre le corps et la raison. Il fait de la santé le souverain bien ;
- la vieillesse et la mort. Le philosophe voulait affronter la mort, mais il finit par l'accepter comme part intégrante de la vie ;
- la philosophie, la morale et la religion. L'expérience est préférable aux pensées abstraites.

L'essai est un genre littéraire créé par Montaigne. Il a pour but d'exercer son jugement, qui puise dans divers sujets matière à réflexion, sans qu'il n'y ait jamais déduction de certitudes. En d'autres termes, il s'agit d'un commentaire personnel sur un ou plusieurs thèmes choisi(s). Si le « moi » occupe la première place, l'essai n'est pas pour autant une autobiographie puisqu'il relève du domaine de la connaissance de soi, et non du récit de vie.

CLÉS DE LECTURE

UN AUTOPORTRAIT

L'œuvre de Montaigne a pour but la connaissance de soi. L'auteur s'y peint sans artifice et au naturel afin que ses proches, après sa mort, puissent l'y retrouver tel qu'ils l'ont connu. Il dresse de lui-même un portrait physique, intellectuel et moral, bien que la description physique ait moins d'importance que la compilation de ses expériences, de ses lectures et de ses rencontres avec les hommes.

Montaigne n'a certainement pas pour dessein de se glorifier, de se défendre ou de se poser en moralisateur, mais il reconnait l'aspect orgueilleux de son entreprise : il est forcément souvent le seul personnage mis en scène et, lorsqu'il ne s'agit pas de décrire ses activités et ce qui lui est arrivé, il exprime ses opinions et ce que lui dicte sa propre sensibilité.

Il n'éprouve cependant aucune complaisance à s'analyser. En effet, Montaigne n'hésite pas à se critiquer et à informer le lecteur de ses défauts. De plus, il ne dit rien des honneurs et récompenses qu'il a reçus pendant sa vie, ni des actions humanitaires qu'il a menées, ni même des témoignages d'affection et de confiance qu'il a reçus. C'est la vie en paix avec soi-même que l'auteur recherche, et non l'exaltation de lui-même.

En somme, l'écriture est un moyen de se connaitre, et Montaigne ne vise qu'à se découvrir lui-même.

Cependant, cette tentative dépasse le biographique puisqu'elle a également pour projet la peinture de l'homme en général : le philosophe se considère comme un échantillon de l'humanité. Cette connaissance de la condition humaine passe par la description des faits humains dans leur ensemble, des mœurs, des coutumes, des paroles et des dires des hommes. C'est dans le détail du quotidien plus que dans les grandes réalisations que l'on peut en savoir long sur l'être humain.

Les effets de son entreprise sur lui-même ont été nombreux : elle l'a aidé à mieux comprendre les autres, à réfléchir sur les problèmes religieux, politiques et sociaux de son époque, à se stabiliser et à se construire.

L'ÉCRITURE DE MONTAIGNE

L'écriture des *Essais* expérimente les fluctuations de la réflexion, les tours et les détours d'une pensée ouverte, ce qui traduit la diversité du monde et de l'homme, et permet de poser un regard différent sur les choses.

L'écriture de Montaigne se caractérise par sa simplicité. Le projet du philosophe exclut toute rhétorique : le langage se doit d'être naïf et naturel pour rester proche du moi et ne pas défigurer la pensée par des ornements. Il ne s'agit pas d'un exercice de style mais d'un exercice de réflexion. Cependant, le choix des mots est tout de même important dans la traduction des idées. Ainsi, le style sert la pensée et non l'inverse. De même, Montaigne adapte le rythme de la phrase à son contenu, usant d'une expression naturelle si l'idée à traduire est simple, d'un style coupé lorsqu'il s'agit d'imiter Sénèque ou de longueurs interrompues par des incises pour exprimer les sinuosités d'une pensée.

Le philosophe recourt malgré tout à quelques figures de style qui lui permettent de nuancer son propos :

- **des antithèses**, qui consistent à rapprocher deux idées opposées dans un même énoncé en vue de mettre en valeur leur contraste (« Le plus vieil et mieux connu mal est toujours plus supportable que le mal récent et inexpérimenté », livre III, chapitre IX ; « C'est assez de s'enfariner le visage sans s'enfariner la poitrine », livre III, chapitre X ; « Ils laissent là les choses, et s'amusent à traiter des causes », livre III, chapitre XI) ;
- **des comparaisons et des métaphores**. La comparaison établit un rapport d'analogie entre deux idées ou deux objets (« Le vice laisse, comme un ulcère en la chair, une repentance en l'âme. », livre III, chapitre II). La métaphore se différencie de la comparaison en ce qu'elle n'a pas de terme comparatif, elle désigne un objet ou une idée par un mot qui convient pour un autre objet ou une autre idée (« C'est le déjeuner d'un petit ver que le cœur et la vie d'un grand et triomphant empereur », livre II, chapitre XII) ;
- **l'ironie**, qui consiste à dire le contraire de ce que l'on pense. Dans le chapitre VI du livre III, Montaigne ironise à propos de la prétendue supériorité des Européens sur les Indiens.

Enfin, puisque le but du philosophe est non pas de convaincre, mais de chercher à faire réfléchir son lecteur, il recourt :

- **à des exemples**, des anecdotes et des observations qui contredisent ou soutiennent des idées ;
- **à la récurrence**. Plusieurs sujets traités sont récurrents et apparaissent dans différents chapitres. Montaigne peut par exemple développer un thème du point de vue de la justice, puis, plus loin, du point de vue de la morale ;
- **au plaidoyer**. Il plaide entre autres contre Raymond Sebond ou en faveur des cannibales.

UN JUGEMENT CRITIQUE

Montaigne a souvent été considéré comme frileux vis-à-vis des changements et des innovations. En réalité, il lui arrivait de soumettre l'ordre établi à la critique. Il évoque ainsi :

- **la démystification des Grands**. Il s'agit de distinguer la fonction de prince de l'homme en tant que tel, car les Grands ne sont pas des êtres constitués différemment des autres individus et peuvent très bien être médiocres. D'ailleurs, ces hommes élevés qui se doivent d'exercer les vertus d'humanité, de vérité, de loyauté, de tempérance et de justice ne le font souvent pas, et cela est déplorable. Au lieu de chercher à se faire aimer du peuple, ils veulent se valoriser par le luxe ou s'imposer par la crainte. Lâches, ils exterminent leurs opposants avec cruauté plutôt que de les affronter.

Montaigne pense que ces princes sanguinaires devraient prendre exemple sur les rois du Pérou et du Mexique qui sont courageux et aimés de leur peuple ;

- **la critique du droit**. Le droit est issu de décisions arbitraires de la part d'hommes faibles et vaniteux ; c'est pourquoi il fluctue selon les époques et les coutumes des pays alors qu'il devrait être immuable et fondé en raison. Montaigne déplore également que les lois soient rédigées dans un langage obscur et inintelligible pour le peuple qui ne peut donc ni les comprendre ni les respecter. En outre, ce problème de langage autorise des interprétations souvent contradictoires. Le philosophe reproche encore aux lois héritées du droit romain de ne plus convenir à son époque. En sa qualité de maire de Bordeaux, Montaigne écrit à ce propos, le 31 aout 1583, une lettre-remontrance au roi pour se plaindre de l'augmentation des frais de justice et en réclamer, au nom du peuple qui souffre, la gratuité pour les pauvres ;

- **la dénonciation de la guerre**. Montaigne pense que la guerre n'a d'autre dessein que de tuer, ce qui prouve l'imbécilité et l'imperfection de l'homme. Si, chez les Anciens, elle pouvait être une preuve de vaillance, elle n'est à son époque plus que cruauté et au service d'ambitions mesquines. Mener une guerre, c'est abandonner la morale individuelle ;

- **l'anticolonialisme**. Les conquérants espagnols et portugais se sont livrés à d'abominables massacres. Vaniteux et avides, ils se sont accordés une puissance absolue toute de brutalité, allant jusqu'à nier l'humanité des Indiens. La colonisation s'est déroulée dans une innommable cruauté : des villes ont été rasées, des nations exterminées, des peuples trahis, menacés et anéantis. Au vu de cela, Montaigne s'interroge : des Européens et des indigènes, lesquels sont barbares et sauvages ?

Montaigne s'est donc montré défavorable aux innovations (par quoi il faut entendre la Réforme protestante et sa cohorte de guerres civiles ou la découverte funeste de l'Amérique) qu'il juge dangereuses.

En effet, la possibilité de vie en société repose selon lui sur l'obéissance à l'ordre établi. Cela ne fait toutefois pas de lui un conservateur. En outre, il fait la distinction entre le public et le privé : s'il faut suivre au-dehors les lois des princes, au-dedans il faut suivre les siennes propres. Il bénéficie donc en lui-même de toute la liberté de penser et de critiquer ce qu'il juge injuste.

L'ÉDUCATION

Le philosophe énonce des principes pédagogiques fondés sur la croyance commune aux humanistes selon laquelle l'homme est bon par nature. L'inclination au mal lui vient d'une mauvaise éducation ou de fréquentations poussant au péché et à la malice. Il faut donc éviter à l'enfant de subir ces influences néfastes et lui permettre de conserver sa nature bonne.

Montaigne s'oppose à l'éducation collective dispensée dans les collèges parce qu'il la juge incapable de former des esprits divers. Il préconise plutôt une éducation individuelle par un précepteur attentif à la nature de l'enfant. En outre, le dialogue doit prévaloir sur un enseignement *ex cathedra*.

Les grandes lignes d'une bonne éducation sont, pour lui, les suivantes :

- **l'exercice du jugement critique**. L'enfant doit être confronté à des connaissances diverses et à des points de vue variés pour pouvoir les comparer et les critiquer. Cela l'amènera à douter de certains principes et à en adopter d'autres. En somme, Montaigne s'oppose au savoir par cœur : selon lui, une tête bien faite vaut mieux qu'une tête bien pleine ;
- **l'exercice du corps**. Le corps doit être endurci pour ne plus craindre ni le froid ni l'obscurité. Les muscles sont ainsi roidis, et l'enfant entrainé à moins souffrir. Dans l'enseignement idéal de Montaigne, le corps est respecté autant que l'esprit puisque les facultés morales et phy-siques sont liées. L'épreuve du corps mène à la maitrise des passions et instincts ;
- **le développement d'un esprit ouvert**. L'apprentissage se fait moins dans les livres que dans la nature : il faut apprendre à observer, à raisonner, à comprendre le tout pour ensuite acquérir une science particulière que l'esprit bien formé se choisit librement. Cela passe par le com-merce avec les hommes, par la conversation autant avec les paysans qu'avec les nobles, en somme par le contact avec les choses de la vie dans leur totalité ;
- **la pratique des voyages**. Ceux-ci permettent à l'enfant de se confronter à la nouveauté et à l'inconnu. Montaigne s'intéresse aux autres peuples, à leurs coutumes et à leurs habitudes de vie en cherchant à les comprendre et non à les juger. Il voit le voyage comme un enrichissement des connaissances et non comme une tentative d'assimiler

l'autre à soi-même. L'élève devra adopter la même attitude pour devenir tolérant.

La finalité de cette éducation est morale. Elle doit permettre à l'élève de devenir un être meilleur et plus sage, apte à reconnaitre et à choisir sa vérité.

LA RELIGION

Montaigne est en désaccord avec le théologien Raymond Sebond qui propose de mettre la raison au service de la foi, car elle est un don de Dieu. En effet, Montaigne juge la raison humaine incapable de connaitre Dieu puisque l'homme est sans commune mesure avec lui. Selon le philosophe, c'est un sacrilège de penser que Dieu est à l'image de l'homme : Dieu est transcendant et ne doit être en rien mêlé à notre corruption et à notre misère.

De même, c'est une faute que de chercher à percer ses desseins, car ils nous restent obscurs. Montaigne donne l'exemple des hommes handicapés : s'ils sont considérés par les autres comme des êtres imparfaits, ils n'ont rien de monstrueux aux yeux de Dieu, qui a créé toute chose en sa perfection. Il n'y a donc pas à juger de ses œuvres ni de ses intentions.

Montaigne conçoit Dieu comme transcendant, mais n'intervenant pas toujours dans les affaires humaines. Par conséquent, il est bête de la part des hommes de lui adresser des prières emplies de demandes. La foi ne devrait pas être fondée sur les évènements : Dieu n'est pas la cause de tout ce qui nous arrive et use plus souvent d'une justice qui nous est inconnue que de son pouvoir. Ainsi, la foi ne devrait-elle servir qu'à exprimer la reconnaissance de l'homme envers Dieu qui lui permet de reculer les limites de sa faible nature. En effet, c'est seulement par la grâce divine que l'humain peut s'élever, et il faut l'en remercier dans nos prières plutôt que de lui adresser nos désirs.

Seule la grâce de Dieu sauve les hommes qui ne peuvent l'être par leurs actes ou leurs œuvres. Cette dernière idée constitue une des remises en cause des dogmes catholiques par la réforme protestante. Aussi Luther (réformateur allemand, 1483-1546) a-t-il traduit la Bible en allemand dans le but de permettre à chacun de la lire et de l'interpréter sans devoir passer par l'autorité du prêtre. Ce libre examinisme des Écritures a abouti au rejet de certains autres dogmes comme le culte des saints et les sacrements, en dehors du baptême et de la communion. Le protestantisme est ainsi une religion épurée qui supprime tout intermédiaire entre l'homme et Dieu.

Cependant, Montaigne ne voit pas d'un bon œil la réforme protestante : il juge ridicule de se mêler de ces questions en raison de la faiblesse de l'esprit humain. De plus, ce sont des démarches pernicieuses pour la morale et la vie en société. La lutte entre catholiques et protestants tourne bien trop souvent au fanatisme : les uns et les autres devraient faire preuve de modération.

La modération doit être au cœur de toute action, c'est elle qui définit une conduite morale. Le philosophe insiste plus sur cette dernière que sur le contenu de la croyance puisque le jugement individuel est trop faible et inconstant pour en parler. Être modéré, c'est être modeste. À l'inverse, il condamne la dévotion excessive qui cache l'hypocrisie, la haine, l'avarice et l'injustice.

Montaigne pense par ailleurs que la religion est un héritage culturel et un phénomène social qui, en tant que tel, connait la naissance et le déclin. Elle est davantage due au hasard qui fait tomber dans l'obéissance à l'une ou l'autre tradition qu'à un acte de foi : c'est l'éducation qui fait qu'un homme adopte l'une ou l'autre religion plutôt qu'une révélation.

L'auteur des *Essais*, bien que catholique, prend néanmoins ses distances avec le catholicisme sur quelques points, par exemple :

- il ne parle quasiment pas de la Vierge, des reliques et des miracles ;
- il prend la défense du suicide, condamné par l'Église ;
- il ne croit que peu aux péchés et au repentir ;
- le paradis ou la vie terrestre après la résurrection sont pour lui des idées saugrenues.

Ces éléments nous font nous interroger sur la foi de Montaigne. En réalité, sa religion est naturelle : il oscille entre le fidéisme, exigeant de fonder sa relation à Dieu sur la foi en dehors de la raison, et l'agnosticisme, déniant à l'homme la faculté de s'élever aux notions métaphysiques.

LES RELATIONS HUMAINES

Montaigne jouit de la vie et des rencontres qu'elle amène. Les émotions et les sentiments ont une place importante dans son existence, et il cherche le commerce avec les hommes. Il évoque notamment deux types de relations :

- **les relations avec les femmes**. Le philosophe n'a pas honte de parler librement de la sexualité, qu'il juge naturelle, nécessaire et juste. L'amour, pour Montaigne, est surtout volupté et désir forcené. Mais le corps et l'esprit étant étroitement liés, l'acte sexuel stimule l'esprit. C'est pourquoi il juge le langage poétique particulièrement apte à traduire l'amour. Montaigne n'envisage pas, avec la femme, d'amitié intellectuelle, sauf exception. Néanmoins, il ne voit aucun inconvénient à laisser sa femme gérer ses terres lorsqu'il part en voyage, ce qui peut être considéré comme une forme d'égalité. Il est donc difficile de définir exactement la pensée de Montaigne sur les rôles et le statut de la femme : tantôt elle est soumise à son corps, capricieuse, puérile et peu apte à l'éducation ; tantôt elle est issue du même moule que l'homme, égale mais cependant distincte par les coutumes, et il juge par conséquent normal qu'elle se rebelle contre les règles que l'homme cherche à lui imposer. Par ailleurs, le mariage, pour lui, n'est qu'un marché social nécessaire qu'on conclut pour respecter les usages, mais il est incompatible avec le désir puisqu'il se doit d'être sévère et dévot. Ainsi, l'homme et la femme sont toujours séparés par une distance ;
- **l'amitié**. Dans l'amitié, il n'existe aucune distance. Sa relation avec Étienne de La Boétie le prouve : exceptionnelle, elle n'a jamais faibli. L'avantage de l'amitié sur les autres types de relation est qu'elle est fondée sur une égalité qui pourrait être prise pour modèle de justice

dans la société. Elle lie deux hommes murs et égaux :
Montaigne et La Boétie sont deux volontés qui se sont
librement choisies. À la mort de son ami, Montaigne ne
vit d'ailleurs plus qu'à moitié. C'est pour cette raison qu'il
se jette dans l'écriture des *Essais*. Ainsi, La Boétie est au
centre de sa vie et de son œuvre.

Cela étant dit, si Montaigne apprécie les relations avec autrui, il n'en est pas moins critique vis-à-vis de la vie sociale.
En effet, il pense que celle-ci grouille d'ambitions, de concupiscences et de cupidités : si l'homme se tourne soi-disant
vers le bien public plutôt que vers son intérêt égoïste, c'est
davantage pour espérer en tirer, via les relations mondaines,
un profit personnel. Dans ce contexte, il vaut mieux prendre
gout à la solitude car, au sein de la foule, les bons se font
rares et les mauvais sont contagieux. Y demeurer, c'est
devenir soit mauvais, soit haïr trop souvent. Aussi le sage
fuit-il la foule pour ne pas devoir en supporter les vices, et
cherche à vivre plus tranquillement, plus à son aise.

Mais se mettre à l'écart du peuple n'est pas suffisant pour
anéantir le vice : changer de place ne règle pas le problème.
Ce qu'il faut, c'est travailler en soi-même parce que la
liberté n'est entière que lorsque nous n'avons plus la tête
pleine de ce qui s'y est insidieusement déposé, lorsque nous
sommes épurés de tous les vices mondains (aspiration à la
gloire, désir de volupté et de richesse, etc.). L'isolement de
l'âme en elle-même aboutit à la connaissance véritable de
soi à laquelle aspire Montaigne pour lui-même et pour les
autres. Il s'agit de s'observer avec lucidité et non en étant
influencé par l'approbation ou les blâmes d'autrui.

Cependant, même seul avec soi-même, il est possible de se leurrer sur ses mérites et sa valeur ou de mal gérer sa solitude en éparpillant trop son esprit. C'est pourquoi il est nécessaire de se donner des modèles issus des Anciens et d'en faire des contrôleurs de nos intentions : le respect qu'on a pour eux nous remet sur la bonne voie.

LA RECHERCHE DE LA SAGESSE

Montaigne a été influencé par le philosophe sceptique Pyrrhon (365-275 av. J.-C.). Il conclut de sa lecture que l'homme ne peut atteindre la vérité, notamment parce que ses sens le jettent sans cesse dans l'illusion. La pluralité et la diversité des doctrines philosophiques le démontrent : l'homme semble incapable de fixer l'essence de la réalité. Seules les apparences lui sont accessibles, or elles sont déformées par ses perceptions sensorielles. L'expérience du bâton qui, plongé dans l'eau, apparait en oblique est une preuve de l'impossibilité de se fier à ses sens. Montaigne évoque également l'influence de l'état de santé dans l'appréhension des choses : elles ne nous apparaissent pas de la même manière si un problème au corps rend l'humeur renfrognée. Enfin, l'imagination joue encore un grand rôle dans la mauvaise perception de ce qui est. Aussi, l'homme doit-il se reconnaitre ignorant et instable : il passe constamment d'un état d'esprit à un autre, et change d'idées selon ce que lui dictent les circonstances. Il doit dès lors se garder des jugements catégoriques, et prendre conscience du caractère subjectif et provisoire de ses opinions : ce sont là les prémisses de la sagesse.

Être sage pour Montaigne consiste à :

- **être modéré**. La modération et la modestie sont essentielles. Il s'agit de se détacher des biens matériels, de limiter ses occupations et de maitriser ses passions. Cela est nécessaire pour ne pas souffrir des revers de la vie, conquérir le calme intérieur et ne pas perdre le gouvernement de soi ;
- **être vertueux**. Ça ne signifie pas être glorieux et jouir d'une bonne réputation car, dans ces domaines, tout n'est qu'apparences et illusions. L'homme réellement vertueux exerce sa sagesse dans la solitude et au quotidien, en cherchant, comme Socrate, à se connaitre lui-même ;
- **se fier à la nature**. Quand Montaigne commence la rédaction des *Essais*, la maladie de la pierre le fait beaucoup souffrir et le rapproche de la mort, mais la gravelle lui permet aussi de découvrir que la douleur, par contraste, permet d'apprécier le plaisir. Il décide ainsi de ne pas s'en remettre aux médecins, mais de laisser la nature faire son œuvre, considérant qu'elle est le meilleur guide : l'homme ne peut trouver le bonheur qu'en étant en harmonie avec lui-même ici-bas, en restant lui-même, en sachant reconnaitre et savourer les plaisirs simples accessibles à tous ; en somme, en vivant selon sa nature et selon la nature. Celle-ci fait bien les choses puisqu'elle a rendu agréables les actes nécessaires comme manger, dormir, boire ou faire l'amour, et qu'elle est à l'origine des biens les plus précieux.

HÉRITER DE MONTAIGNE

Les *Essais* de Montaigne ont définitivement marqué l'histoire de la littérature et de la pensée. Non seulement par le bilan sceptique que dresse Montaigne quant aux capacités de la raison humaine, et qu'il réserve également aux sciences de son temps (théologie, droit, médecine), mais encore par la forme des *Essais* qui laisse se féconder la littérature et la philosophie, non pour aboutir à un traité dogmatique, mais pour installer au centre de l'écriture un Moi qui se cherche, qui s'éprouve. En conclusion de cette analyse, nous souhaiterions proposer quatre manières possibles d'hériter de Montaigne. Quatre façons de prolonger son geste, parmi beaucoup d'autres sans doute, mais qui suffiront néanmoins à donner un aperçu de la modernité, voire de l'actualité de Montaigne :

- le scepticisme : le doute profond qui motive l'exercice du jugement de Montaigne et les conclusions qu'il en tire quant à la faiblesse de la raison humaine seront considérés par La Mothe Le Vayer (écrivain et philosophe français, 1588-1672), par Descartes (philosophe, physicien et mathématicien français, 1596-1650) et par Pascal (mathématicien, physicien et écrivain français, 1623-1662) à la fois comme un legs et un challenge à relever ;
- l'écriture du Moi : en énonçant son fameux « je suis moi-même la matière de mon livre », Montaigne a inauguré le thème de la quête du Moi en littérature, ouvrant ainsi non seulement la voie pour les *Confessions* (1765-1770) et les *Rêveries du promeneur solitaire* (1776-1778) d'un Rousseau (écrivain et philosophe de langue française,

1712-1778), mais annonçant aussi, de loin en loin et à la longue-vue, le genre de l'autofiction, qui s'est aujourd'hui confortablement installé sur la scène littéraire ;

- la forme à la fois pleinement philosophique et littéraire des *Essais* a indéniablement institué un nouveau style d'écriture et de réflexion, introduisant la figure de l'écrivain-philosophe, qu'incarneront ensuite Pascal et Rousseau ou, beaucoup plus récemment, quelqu'un comme Sartre (philosophe et écrivain français, 1905-1980) ;
- enfin, la quête du Soi qui anime Montaigne dans ses *Essais* est stimulée par les récentes découvertes d'individus et de contrées exotiques. Montaigne développe une curiosité quasi scientifique pour les Indiens face auxquels il se refuse tout préjugé de race, cherchant au contraire, là où l'altérité semble la plus grande, le partage d'une humanité commune. Cet appétit de l'autre, par lequel on fait un détour pour se mettre soi-même en perspective et se questionner, constitue les prémisses de la démarche de la science ethnologique. Claude Lévi-Strauss (1908-2009), le père de l'ethnologie française, saluera en Montaigne son précurseur (*cfr.* « En relisant Montaigne », in *Histoire de lynx*, chap. XVIII).

PISTES DE RÉFLEXION

QUELQUES QUESTIONS POUR APPROFONDIR SA RÉFLEXION...

- Quel est le projet des *Essais* ?
- Que signifie « être à soi » pour Montaigne ?
- En quoi cette œuvre est-elle humaniste ?
- Pourquoi la modération est-elle si importante aux yeux de Montaigne ?
- En quoi peut-on dire que Montaigne est sceptique ?
- Dans « L'apologie de Raymond Sebond », Montaigne attaque les philosophes. Qu'en dit-il ?
- Quelle est la religion de Montaigne ? Connaissez-vous d'autres auteurs/philosophes qui partagent son point de vue ?
- Quelles idées avancées par Montaigne sont, à votre avis, les plus révolutionnaires pour l'époque ? Pourquoi ?
- Que peut-on dire de l'argumentation dans les *Essais* ?
- Quelles œuvres de la littérature française vous semblent-elles avoir été influencées par les *Essais* ?

Votre avis nous intéresse !
Laissez un commentaire sur le site de votre librairie en ligne
et partagez vos coups de cœur sur les réseaux sociaux !

POUR ALLER PLUS LOIN

ÉDITION DE RÉFÉRENCE

- MONTAIGNE, *Essais*, Paris, Pocket, coll. « Classiques », 1998.

ÉTUDE DE RÉFÉRENCE

- BOUDOU B., *Essais. Michel de Montaigne*, Paris, Hatier, 2001.

SUR LEPETITLITTÉRAIRE.FR

- Commentaire portant sur le chapitre XXI du livre I des *Essais* intitulé « Des cannibales » de Montaigne.

Retrouvez notre offre complète sur lePetitLittéraire.fr

- des fiches de lectures
- des commentaires littéraires
- des questionnaires de lecture
- des résumés

ANOUILH
- Antigone

AUSTEN
- Orgueil et
  Préjugés

BALZAC
- Eugénie Grandet
- Le Père Goriot
- Illusions perdues

BARJAVEL
- La Nuit des
  temps

BEAUMARCHAIS
- Le Mariage
  de Figaro

BECKETT
- En attendant
  Godot

BRETON
- Nadja

CAMUS
- La Peste
- Les Justes
- L'Étranger

CARRÈRE
- Limonov

CÉLINE
- Voyage au bout
  de la nuit

CERVANTÈS
- Don Quichotte
  de la Manche

CHATEAUBRIAND
- Mémoires
  d'outre-tombe

**CHODERLOS
DE LACLOS**
- Les Liaisons
  dangereuses

CHRÉTIEN DE TROYES
- Yvain ou le
  Chevalier au lion

CHRISTIE
- Dix Petits Nègres

CLAUDEL
- La Petite Fille de
  Monsieur Linh
- Le Rapport
  de Brodeck

COELHO
- L'Alchimiste

CONAN DOYLE
- Le Chien des
  Baskerville

DAI SIJIE
- Balzac et la
  Petite
  Tailleuse chinoise

DE GAULLE
- Mémoires
  de guerre
  III. Le Salut.
  1944-1946

DE VIGAN
- No et moi

DICKER
- La Vérité sur
  l'affaire Harry
  Quebert

DIDEROT
- Supplément
  au Voyage de
  Bougainville

DUMAS
• Les Trois
  Mousquetaires

ÉNARD
• Parlez-leur
  de batailles,
  de rois et
  d'éléphants

FERRARI
• Le Sermon sur la
  chute de Rome

FLAUBERT
• Madame Bovary

FRANK
• Journal
  d'Anne Frank

FRED VARGAS
• Pars vite et
  reviens tard

GARY
• La Vie devant soi

GAUDÉ
• La Mort du
  roi Tsongor
• Le Soleil des
  Scorta

GAUTIER
• La Morte
  amoureuse
• Le Capitaine
  Fracasse

GAVALDA
• 35 kilos d'espoir

GIDE
• Les
  Faux-Monnayeurs

GIONO
• Le Grand
  Troupeau
• Le Hussard
  sur le toit

GIRAUDOUX
• La guerre de
  Troie
  n'aura pas lieu

GOLDING
• Sa Majesté des
  Mouches

GRIMBERT
• Un secret

HEMINGWAY
• Le Vieil Homme
  et la Mer

HESSEL
• Indignez-vous !

HOMÈRE
• L'Odyssée

HUGO
• Le Dernier Jour
  d'un condamné
• Les Misérables
• Notre-Dame
  de Paris

HUXLEY
• Le Meilleur
  des mondes

IONESCO
• Rhinocéros
• La Cantatrice
  chauve

JARY
• Ubu roi

JENNI
• L'Art français
  de la guerre

JOFFO
• Un sac de billes

KAFKA
• La Métamorphose

KEROUAC
• Sur la route

KESSEL
• Le Lion

LARSSON
• Millenium 1. Les
  hommes qui
  n'aimaient pas
  les femmes

LE CLÉZIO
• Mondo

LEVI
• Si c'est un
  homme

LEVY
• Et si c'était vrai…

MAALOUF
• Léon l'Africain

MALRAUX
• La Condition
humaine

MARIVAUX
• La Double
Inconstance
• Le Jeu de l'amour
et du hasard

MARTINEZ
• Du domaine
des murmures

MAUPASSANT
• Boule de suif
• Le Horla
• Une vie

MAURIAC
• Le Nœud
de vipères

MAURIAC
• Le Sagouin

MÉRIMÉE
• Tamango
• Colomba

MERLE
• La mort est
mon métier

MOLIÈRE
• Le Misanthrope
• L'Avare
• Le Bourgeois
gentilhomme

MONTAIGNE
• Essais

MORPURGO
• Le Roi Arthur

MUSSET
• Lorenzaccio

MUSSO
• Que serais-je
sans toi ?

NOTHOMB
• Stupeur et
Tremblements

ORWELL
• La Ferme
des animaux
• 1984

PAGNOL
• La Gloire de
mon père

PANCOL
• Les Yeux jaunes
des crocodiles

PASCAL
• Pensées

PENNAC
• Au bonheur
des ogres

POE
• La Chute de la
maison Usher

PROUST
• Du côté de
chez Swann

QUENEAU
• Zazie dans
le métro

QUIGNARD
• Tous les matins
du monde

RABELAIS
• Gargantua

RACINE
• Andromaque
• Britannicus
• Phèdre

ROUSSEAU
• Confessions

ROSTAND
• Cyrano de
Bergerac

ROWLING
• Harry Potter à
l'école des sor-
ciers

SAINT-EXUPÉRY
• Le Petit Prince
• Vol de nuit

SARTRE
• Huis clos
• La Nausée
• Les Mouches

SCHLINK
• Le Liseur

SCHMITT
- La Part de l'autre
- Oscar et la
  Dame rose

SEPULVEDA
- Le Vieux qui
  lisait des romans
  d'amour

SHAKESPEARE
- Roméo et Juliette

SIMENON
- Le Chien jaune

STEEMAN
- L'Assassin
  habite au 21

STEINBECK
- Des souris et
  des hommes

STENDHAL
- Le Rouge et
  le Noir

STEVENSON
- L'Île au trésor

SÜSKIND
- Le Parfum

TOLSTOÏ
- Anna Karénine

TOURNIER
- Vendredi ou
  la Vie sauvage

TOUSSAINT
- Fuir

UHLMAN
- L'Ami retrouvé

VERNE
- Le Tour
  du monde
  en 80 jours
- Vingt mille
  lieues sous
  les mers
- Voyage au
  centre de
  la terre

VIAN
- L'Écume des jours

VOLTAIRE
- Candide

WELLS
- La Guerre des
  mondes

YOURCENAR
- Mémoires
  d'Hadrien

ZOLA
- Au bonheur
  des dames
- L'Assommoir
- Germinal

ZWEIG
- Le Joueur
  d'échecs

L'éditeur veille à la fiabilité des informations publiées, lesquelles ne pourraient toutefois engager sa responsabilité.

www.lepetitlitteraire.fr

ISBN version numérique : 978-2-8062-4143-6
ISBN version papier : 978-2-8062-4166-5
Dépôt légal : D/2013/12603/430

Avec la collaboration de Marc Sigala pour une partie des pistes de réflexion.

Conception numérique : Primento,
le partenaire numérique des éditeurs.

Ce titre a été réalisé avec le soutien de la Fédération Wallonie-Bruxelles, Service général des Lettres et du Livre.